L'INCENDIE.

POËME,

L'INCENDIE,

POËME,

SUIVI

D'UNE ÉPITRE A M. LEMIERRE

Sur son Poëme de la Peinture.

Par M. l'Abbé DE MALESPINE.

A PARIS,

Chez LAURENT PRAULT, Libraire, à la Source
des Sciences, au coin de la rue Gît-le-Cœur.

M. DCC. LXX.

L'INCENDIE.
POËME.

Quæque ipse miserrima vidi.
Æneid. Lib. I I.

SECRET agent des corps, auteur du mouvement,
Ame de la matiere, immortel élément,
Toi fait pour conserver, toi créé pour produire,
Feu, vie universelle, est-ce à toi de détruire ?
Fléau sur les mortels trop souvent déchaîné,
Dois-tu dissoudre un jour ce globe infortuné ?
Et nous présentes-tu les effets de ta rage
Comme un signe effrayant de ton dernier ravage ?

Jadis chez le Romain ton culte fut cruel ;
Vesta vengeant ta flâme éteinte à son autel
Fit descendre au tombeau la Prêtresse vivante,
Multipliant la mort par l'horreur de l'attente.

A

Rome entiere embrâfée, & tombant fous tes dards,
Récréa de Néron les féroces regards.
Ainfi du Fanatifme & de la Tyrannie
Tu fervis tour à tour le barbare génie ;
Formidable en tout tems au monde intimidé,
Egalement funefte , éteint ou débordé.

L'Indien près du toit que la flâme dévore
Croife fes bras oififs , fe profterne , & t'adore ;
Loin de verfer des eaux les fecours renaiffans,
Sa main tremblante s'ouvre & te nourrit d'encens.
On t'a vu des palais précipiter la chûte ;
Et le cédre & le chaume , & le Temple & la hutte,
Tout s'embrâfa par toi ; ta flâme confuma
Burgos , Londres , Byfance , & Lisbonne & Lima.

Tandis que le fommeil , de pavots les mains pleines,
Aux humains fatigués porte l'oubli des peines ,
Dans l'ombre de la nuit d'où part cette lueur ?
Elle s'étend au loin , l'ombre ajoûte à l'horreur.
J'entends déjà le bruit de cette ardente grêle ,
Au fluide de l'air le falpêtre fe mêle ;
Je les refpire enfemble : ô défaftre ! ô fureur !
Citoyens , loin de nous une lâche terreur ;

L'homme fe doit à l'homme en ce péril extrême.

Marchons à la lueur de la flâme elle-même ;

Suivez mes pas ; heurtons par des flots élancés

De ces lames de feu les tranchants émouffés ;

Hors des tubes dans l'air que l'onde jailliffante

Atteigne fur ces toits la flâme dévorante ;

Amis, efpérons tout …. notre effort fert nos vœux,

La flâme s'amortit, l'onde abforbe les feux :

Le malheur dure encor, mais l'effroi diminue,

L'efpérance defcend fur la foule éperdue ;

De cet embrâfement l'habitant trop voifin

Du feu qui le gagnoit voit rompre le chemin …;

Ciel ! le feu reparoît du fein de la fumée,

Il s'échappe plus vif d'une poutre enflâmée ;

Il roule, il fe déploye, il éclate à nos yeux,

Du nouveau choc de l'onde il fort victorieux ;

Il entre dans les corps, il fe cherche, il s'attire :

Ses atômes brûlants étendent fon empire ;

Par fa voracité fans ceffe reproduit,

Il eft tout ce qu'il touche & tout ce qu'il détruit.

    Sur les aîles des vents qui foufflent la tempête

Déjà de nos palais il furmonte le faîte ;

A ij

Ce coloffe brûlant élevé jufqu'aux Cieux,
Unit fa tête altiere à la foudre des Dieux ;
Il defcend , il remonte, il s'unit , fe difperfe,
Il entoure , il pénétre, il ébranle , il renverfe ;
Tout fert fa violence ou céde à fes efforts ;
Il diffout les métaux , engloutit les tréfors.
Des tréfors !.. & je pleure !.. eft ce un préfent fi rare ?
Des tréfors !.. infenfé !.. laiffons pleurer l'avare.
Ce guerrier que le plomb atteint dans les combats
Pleure-t-il fa cuiraffe alors qu'il perd fon bras ?
Pleurons fur les humains que le malheur accable ;
Le vrai tréfor c'eft l'homme, & l'or n'eft que du fable.

Elément redouté , n'eft-ce donc point affez
De ces débris ardens l'un fur l'autre entaffés ?
De lamentables voix nos Palais retentiffent ;
Aux cris de la douleur mes entrailles frémiffent.. . :
Infortunés humains, victimes des fléaux !
Ah ! la pitié s'épuife à l'afpect de vos maux.

Le peuple vole au Temple , il fe preffe aux portiques ;
Conjure par des vœux les miferes publiques ;
Il léve en vain les yeux, les mains vers l'Eternel,
Le fecours imploré ne defcend point du Ciel.

Le Ciel s'offenfe-t-il de ces larmes qui coulent ?
Sur ce peuple éperdu , Dieu ! les voûtes s'écroulent ;
Le Temple eft un abyme où tant de malheureux
Périffent écrafés fous la pierre & les feux.

Le foldat dans la tour par la flâme inveftie ,
Voit du pofte qu'il garde approcher l'incendie ;
Il mefure de l'œil la hauteur du creneau ,
S'élance , & par fa chûte il creufe fon tombeau.
La flâme infatiable en fes nouveaux ravages
Efface & reproduit ces horribles images :
Freres , amis , époux , vieillards , Prêtres , Guerriers ,
Tout périt englouti dans ces vaftes brafiers ;
La cendre fe durcit du fang de ces victimes.

Je vois un jeune enfant au bord de tant d'abymes ...
Hélas ! pour le fauver qui bravera la mort ?
Le feu touche au berceau ! dans ce défaftre il dort !
O prodige ! o nature ! une femme !.. elle eft mere ...
Vers le gouffre brûlant elle court la premiere ;
Elle faifit fon fils , l'emporte entre fes bras ,
Repaffe dans la flâme & l'arrache au trépas.

Il femble que le feu fi conftant dans fa rage
Atendoit pour céder cet effort de courage ;

Il s'éteint par degrés, & privé d'aliments,
Il meurt enseveli sous des débris fumants.

Ah ! pour nous consoler parmi tant de ruines,
Feu, quels sont les bienfaits qu'aux humains tu des-
   tines ?
Ami de la nature, imite son Auteur ;
Comme lui, de ce monde invisible moteur,
Sois par-tout répandu, régénére, féconde,
Vis au vague des airs, dans la roche & dans l'onde ;
Ranime en nos guérets la séve des moissons,
Tempére en nos hivers l'âpreté des glaçons ;
Porte au sein de ce globe où ta chaleur circule
Cette ardeur qui réchauffe, & non le trait qui brûle,
Sois ce ferment salubre enfermé dans nos corps,
Qui consume l'humeur sans briser les ressorts.

Mais si dans l'univers tu dois par intervalle
Déployer de tes traits la puissance fatale,
Retourne pour jamais à ces gouffres profonds,
Où remuant encor la cendre des Typhons,
Par les fougueux élans d'une épaisse fumée
Tu menaces de loin la Sicile allarmée,
Et laisses le loisir aux Citoyens tremblants
De s'éloigner d'un Ciel & d'un terrein brûlants.

F I N.

ÉPITRE
A M. LEMIERRE,

SUR SON POËME DE LA PEINTURE.

Dans ce réduit, asyle heureux du Sage,

Où les neuf Sœurs ont fixé mon deftin,

Où fur des ais légers & par étage

Tous leurs tréfors font placés fous ma main,

J'ai vu percer un rayon de ta gloire.

La Déité qui dans tout l'univers

Sert de courriere aux Filles de mémoire,

M'eft apparue; elle annonçoit tes vers,

Elle portoit ton immortel ouvrage

Dans une main, dans l'autre ton image.

Ah, ce tableau ton ami l'eut tracé!

Des rameaux verds du Laurier dramatique

Tu paroiffois le front entrelacé,

Tenant en main le sceptre didactique ;

Et vers le Ciel ton œil étoit fixé.

Je le relis ce sublime Poëme :

Quel feu divin ! quels chants & quels tableaux !

Ce n'est point l'art, c'est la nature même ;

Elle a conduit tes magiques pinceaux.

Je crois errer dans ce Lycée immense,

Sous ces lambris consacrés aux beaux-Arts ;

Où la peinture étale à nos regards

Et sa féerie & sa magnificence.

Oui dans tes chants, dans tes vers créateurs

Où chaque image est jointe à l'harmonie,

De la Peinture & de la Poésie

Tout à la fois ma main cueille les fleurs.

Dans ses travaux tu diriges l'Artiste :

Instruit par toi, mais sur-tout enflammé ;

Il prend l'essor ; ce n'est plus un copiste,

C'est du génie un mortel animé ;

Un beau transport échauffe sa Minerve ;

Sur le tissu tout respire , tout vit ;

Dans tes leçons il a puisé la verve ,

L'image parle & la figure agit.

Législateur de la docte Peinture ;

Que le Poëte entende aussi ta voix ;

Puisqu'il est né pour peindre la nature ;

Que son crayon dessine sous tes loix.

Viens, ô LEMIERRE ! embellir mes tablettes ;

Viens m'enrichir de ton nouveau trésor :

Pope & Rousseau t'ont remis leurs palettes ;

De leurs couleurs je vois l'heureux accord.

Tu trouveras Winckelman près d'Horace ;

Repose , ami , sur le même rayon.

A son côté Despréaux te fait place ;

Le satyrique admire ton crayon.

Quelles clameurs : N'entends-je pas l'envie ;

Les cris aigus de ces petits auteurs ;

Ecrivains froids , mais ardents détracteurs ;

Remplis de fiel & de monotonie ?

Ils font jaloux ! font-ils donc tes rivaux ?

Telles jadis on vit d'autres harpies

Perçant fous terre en de facrés enclos

Egratigner de leurs griffes impies

De LESUEUR les fublimes tableaux.

O toi , pourfuis , foutiens ton vol rapide ;

Sans daigner voir le reptile odieux ,

Ce vil ferpent dont l'haleine homicide

N'infecte point l'air qu'on refpire aux Cieux.

F I N.

Lu & approuvé le 20 *Janvier* 1770. MARIN.

Vu l'Approbation , permis d'imp. ce 31 Janv. 1770.
DE SARTINE.